KB197200

타이피스트 시인선 007

누구나 밤엔 명작을 쓰잖아요

김이듬

타이피스트

시인의 말

계절이 바뀌니
좋은 것도 있다

여행은 틀렸다고
말할 수 없는 것
그렇게 끝나지 않는 것

그러니 친구여,
길게 가보자

2024년 12월
김이듬

차례

1부 너에게 미래를 부칠 수 있다면

2부 꿰맨 흉터 가리려고
소매를 잡아 늘리는 습관을 고치지 않는다

3부 넌 네 생각보다 선량해

4부 나보다 더 멀리 가는 사람

1부

너에게 미래를 부칠 수 있다면

블랙 아이스

눈발은 눈이었을 때 아름답다
쌓인 눈이 눈석임물 되었다가 얼어붙으면 가장 위험하다

눈이 그쳤는지 창밖으로 손을 내밀어 본다

설원이 녹고 있다
도로와 개펄이 드러난다
항구 기능을 상실한 저 월곶 포구에는 아침 어시장이 열
릴 것이다

아침, 눈, 엄마
에밀리가 좋아하는 단어들을 나도 좋아한다

엄마 빼고는 여기 다 있다

에밀리는 기지개 켜다 말고 베개를 껴안으며 말한다
"오늘은 찾을 수 있겠지?
나랑 닮았겠지?

죽진 않았겠지?"

이 친구는 포틀랜드에서 입양 기록 갖고
엄마 찾으러 한국에 왔다

어제는 에밀리가 내민 지번 주소 들고 그의 부모 댁을 찾
아갔지만
삼미시장으로 변한 거리만 확인했을 뿐
우리는 40여 년 전의 시간을 찾을 수 없었다

난생처음 한국에 온 에밀리와 난생처음 시흥에 온 나는
을씨년스러운 시내를 온종일 돌아다녔다

폭설이 쏟아지기 시작한 건 마전저수지 사거리에서
에밀리가 양팔을 벌린 채 돌다가 웃다가 넘어진 건 해가
질 무렵

"히죽거리며 말하지 마, 에밀리!"

"그럼 울어야 되겠어?"

뜨거운 물에 빨아 널어 둔 장갑은 수축되어 작고
어제 입었던 스웨터는 여태 축축하다
작년에 룸메이트가 던진 말이 떠오른다
실수로 놓고 가는 줄 알고 챙겨 준 물건들이었다
버리기는 그렇고…… 너 가져
갖기 싫으면 버려 줘

사람 마음만큼 잘 변하는 게 있을까
희고 부드러운 눈발 같았다가 녹으면서 성질이 변한다

철이 들어 나의 엄마를 찾아갔을 때
엄마는 새엄마보다 낯선 사람이 되어 있었다
아니면 원래 그런 사람이었을까
딸을 버리고도 그리움이나 죄책감이라곤 찾아볼 수 없는

차갑고 미끄러운 길이 펼쳐져 있다
"눈이 그쳐서 더 추울 거야

장갑도 껴
눈길보다 살얼음판이 더 위험해"

에밀리가 태어난 곳을 향해 간다
생후 8개월 동안 살았던 곳을 향해 춤을 추듯 걷는다
어딘지도 모르면서

모텔 주차장에서 나오던 검은 승용차가
반 바퀴 돌며 도로를 벗어난다

누구였는지 알 수 있을까
왜 그랬는지 물어봐서 뭐 할까

범인을 잡는 데 회의적인 소설 속 형사는 이해가 되지만
  회의적인 가이드이자 친구로서의 나는 우리의 행방을 모
르겠다

실제로 가긴 간다 미끄럽고 거무스레한 길로

태어나려면 거쳐야 하는 통로 같다

만나 봐야 좋을 게 없을지라도
한 번 더 버려질지 모르지만
우리가 어디에서 왔는지 까마득히 모를 곳으로

키스 앤드 라이드

"혼자 갈 수 있지?
 여기까지가 내 임무야."

너는 운전대를 잡은 채 무심하게 말하고

"네 곁에 남으면 안 되겠지?"
나는 차에서 내린다

철도가 있는 산간 마을이다
작은 식당 앞을 지나간다

구부정하고 파리한 웨이터와
구부정하고 파리한데다 좌절한 표정의 사람들이 문밖에
있다

저들을 여기 데려다준 이들이
다시는 오지 않을 것 같다

어쩌면 영면에 들기 직전에
인사하러 올지도

사랑했지만 죽은 강아지가 목걸이 방울 소리 내며
저승의 문턱에서 너를 기다리고 있을 거라고 네가 믿고
있듯이

잠시 등장했던 이를 빼놓고는 생의 서사가 구성되지 않
는다면
그 잠시가 영원이라면

혼자 갈 수 있어야 한다

익숙해지지 않아도 된다

열차표를 예매하지 못했지만

이 저녁

계단은 미끄럽고

부채처럼

사랑은 남아 있다

국경을 넘게 될

열차를 기다린다

여름 양림동

지난주엔 없었던 것 같은데
창 너머
창창울울한 나무 한 그루

언제부터 있었는지 의아해

나무가 속으로 빽빽한 초록빛을 숨겨 왔던 건 아니겠지
별안간 자신의 존재감을 드러내는 건 아닐 거야

내가 인지하지 못한 거지
자연스럽게 여름이 온 거지

네게서 쏟아져 나온 작별의 말도 그랬을 거야
하루아침에 생겨난 마음은 아니었겠지

빛은 어디서 발현하는 걸까

오래전 여름을

오늘 아침 창가에서 떠올리네

창가를 떠다니는 비눗방울은 어디서 나타난 걸까

나는 혼자
호남신학대학교 게스트 하우스 708호
아래층은 여학생 기숙사
지난주 목요일에도 여기서 잤어

우리가 룸메이트였을 때
햇살이 침대를 불태울 듯했고
축 늘어져 있던 넌 발에 쥐가 난 듯 소리쳤지
나 레즈비언인가? 모르겠어 성정체성 테스트 해봐야겠어

몇 층 아래에서 학생들의 웃음소리
그들이 사뿐한 비눗방울 불고 있네

터질 것을 걱정하지 않았지

우리의 옅은 여름이었어

장난스레 입맞춤했던 짧았던 숨

돌아온다면

묻겠어

우리 얘기 써도 돼?

밤엔 명작을 쓰지

극장에서 돌아와 글을 써요 나는 지저분하며 조그마한 구역에 살아요 항상 떠날 궁리를 하죠 안정감이 밤물결 소리를 내면 떠나라는 신호로 받아들여요 나를 여기 데려다 놓고 데리러 오지 않는 사람이 혹시나 들를지도 몰라서 떠났다가 다시 돌아오곤 합니다

방 모서리엔 낡은 회색 슬리핑 백이 있어요 오늘은 자지 않고 명작을 써요 반투명한 해파리처럼 생긴 전등을 켜요 미안하지만 당신을 위로하러 글을 쓰진 않아요 이어링을 만지작거리며 명작을 써요 누구나 밤엔 명작을 쓰잖아요 은밀하고 거칠며 쓰라린 글쓰기에 걷잡을 수 없이 빠져들죠

그렇습니다 맞은편 복도로 햇살이 파도처럼 밀려오죠 나는 밤새 책상을 부여잡고 표류한 셈이죠 그게 제 역할 같아요 나는 어떤 게 명작인 줄 몰라요 맥베스 세트장에서 내게 말했죠 그래도 너는 순정을 가졌잖니 대표님 순정부품 같은 말씀 마세요 너무 비싸거든요 눈을 뜨면 나는 조그마한 구역의 무대 뒤에서 뜨거운 조명을 만지고 있습니다

상강

그는 내 방에 세 들어 산다. 내가 사는 옥탑방엔 방이 두 개인데 약간 더 좁고 깊숙한 방에 그가 세 들어 산다. 지금까지 그를 찾아오는 이가 단 한 명도 없었다. 그의 직업도 불분명하다. 나는 캐묻지 않는다. 집 안의 소등 상태에도 완전히 어둡지 않은 옥상에서 그는 치마를 펄럭거리며 빙빙 돈다. 흐릿한 달빛 아래로 그 미치광이는 추락했다.

내 옥탑방 문을 열면 두꺼운 빨랫줄에 냉소처럼 하얀 치마가 펄럭거린다. 그 너머엔 텃밭이 있다. 그가 심은 해바라기가 거무스름하게 말라비틀어져 있다. 샛노랗던 해바라기 대가리가 흙에 닿을락 말락 꼬꾸라졌으나 줄기는 쓰러지지 않아 몹시 추하다. 어디서 왔는지 까치가 낮게 날고 있다. 어떤 날은 세 마리, 또 어떤 날은 대여섯 마리, 까치가 내 해바라기 대가리 아래로 부리를 넣고 씨앗을 쪼아 먹는다. 거의 모조리 빼먹었다.

가지 않기로 했어. 나는 미련함 빼면 시체이기 때문에 그를 기다린다. 그가 따뜻한 죽을 가지고 올 것이다. 이제 죽을 사 와도 소용없지만 절대적 암흑은 없지 않은가. 달빛은 흐릿하고 내 몸은 투명하며 싸늘하다.

빗물의 연속

내 방은 함석지붕 아래 있다
비가 오면 두 사람이 내 방으로 온다
초콜릿 케이크 같은 진흙을 바짓단에 묻히고
빗소리 들으러 온다

나무딸기 덤불숲이 보이는 내 방은 빗소리를 녹음하는 작
은 음악실 같다

오래전 연주 같아
이젠 아무도 안 듣는 클래식 같아
K가 말한다
대화가 아니라 독백처럼

무미건조하지는 않지만 무의미한 소리
누구든지 자신에게 말할 때가 있다

빗소리가 침묵과 섞일 때
입을 여는 P

\>

전쟁 중에 동료로부터 받은 생일 선물은 폭발물이었고
그 병사는 그 자리에서 죽었대
어제 기사를 봤어

아직도 함석지붕이 있고
녹슬지 않은 난로 연통과 포금이 있고
아직까지 전쟁은 계속되고 있고

창문을 여니 비현실적으로 축사 냄새가 난다

빗소리를 재현하면 음악이 되겠지만
공기 중에 뒤섞인 어둠을 복제하면 그림이 되겠지만

누가 자연과 경쟁하겠는가

P는 화가
K는 작곡가
나는 드문드문 시인

서로의 실패함을 시인하지 않을 만큼
친밀하다

이런 데 있을 사람이 아니라고
서로에게 말하며
충돌하지 않는다

표현하고 싶어
가장 정확하고 간결하게
창 너머 보며 P가 중얼거릴 때

하염없이 쪼그라들며 조는 나

텁텁한 K의 목소리
수다스런 장식은 싫지만
불필요한 수사를 모두 없애고
핵심만 응축하면 뭐가 남겠어?

누구의 말도 틀리지 않지만

누군가의 말을 중복하거나 재현하는 것 같아서

자고 싶고

그만 비가 그쳤으면 좋겠다

내가 새였을 때

여기 사육장이 있다. 나는 사육장 안에 있다.

나는 도망치지 않는다. 괴로운 일 있어도 참는다. 밥 먹으며 자그락거려도 토하지 않는다. 남긴 잡곡밥과 상추, 삶은 달걀 껍질을 들고 와 닭들에게 준다.

새빨간 볏을 가진 닭끼리 피 튀기며 싸웠나 보다. 징그럽고 끔찍할 정도로 깃털이 뭉텅 빠진 닭이 궤짝 옆 흙바닥에 쓰러져 꼼짝하지 않는다. 싸움에서 이긴 닭이 나를 향해, 아니 모이를 향해 뛰어온다. 모든 닭들이 나를 포위한다.

이 조류는 태초부터 날지 않았을지, 지상의 먹이들 놔두고 굳이 날 필요 없으니까 서서히 날개가 퇴화하여 날 수 없게 된 건지, 쓸 수 없는 날개는 왜 생겨난 건지…… 내가 새였을 때, 나는 고난이 오면 도피했다. 스트레스받지 않았다. 멀리 날아가 버렸다.

멤버들과 나는 시골 숙소에서 합숙하고 있다. 어떤 결과

뒤에 동족성이 있다. 스트레스로 암에 걸린 건지, 병원으로 실려 간 멤버의 일을 나는 위임받았다. 매일 아침 닭에게 모이 주는 일은 나에게 맞다.

초록색 철망으로 둘러싸인 사육장 안에 나는 있다. 나의 닭은 울지 않는다. 나의 흰 닭은 웃지 않는다. 그러나 존재한다.

나는 짧게 날지도 않는다. 산만하고 무질서하게 이 자리에 있는 것은 없다. 날것 그대로의 희고 따뜻한 알을 발견한다. 모든 것이 끝났다는 정착감이 든다.

인사하러 왔어

내가 마지막으로 팔았던 책은 알베르투의 시집. 알베르투는 시가 자신이 혼자 있는 방식이라고 했지. 수십 개의 필명을 가졌던 시인. 그는 자신을 타이르다가 그렇게 많은 사람이 되었을까.

새 세입자가 들어와야 책방을 뺄 수 있었어. 건물주가 그랬어. 내가 새 세입자를 찾아야 전세금을 돌려줄 수 있다고 했지. 착하고 순진해 보이는 신혼부부가 책방을 보러 왔어. 그들은 빵집을 열고 싶다고 했어. 제빵사 자격증이 있는 남자는 빵을 만들고 여자는 빵을 팔며 단란하게 살고 싶다고 했어.

나는 덫에 걸려든 산양을 본 사냥꾼처럼 들뜨고 흥분했지. 호수와 숲도 바라보이는 목 좋은 자리라며 거짓말했어. 주민들이 영혼의 양식은 사지 않아도 맛있는 빵은 사 먹을 거라고 낙관한 건 사실이야.

인사하러 왔어. 내가 두고 간 나 자신을 찾으러 온 건 아니야. 정말이야. 새 세입자 부부에게 인사하며 선물도 건네고 네가 좋아하는 카눌레도 살 생각이었지. 버스로 한 시간 거리. 환승하는 정류장 가까이 대형 마트에 들러 양말 세트를 사서 나오려는데 보안 요원이 한 여인에게 가방을 열어보라며 추궁하고 있더라. 나는 도둑처럼 두근거렸다.

고소한 냄새가 진동했겠어? 임대 중이라고 적힌 종이가 유리창을 거의 다 가리고 있다. 아등바등 버텼을 어린 부부는 얼마나 나를 원망했을까. 내가 물려줬던 커다란 스테인리스 테이블이 밖으로 나와 있더라.

인사하러 왔어. 책방을 운영할 때 거의 매일 갔던 편의점 직원에게. 그는 내게 김밥, 우유, 샌드위치를 무료로 주곤 했지. 유통기한을 막 넘긴 음식이었지만 나는 그걸 먹고 탈 난 적이 단 한 번도 없었어. 편의점은 편의점인데 계열사가 바뀌었대. 모르는 직원이 고용주에게 잔소리를 듣고 있더라.

건널목 건너면 호수공원이다. 사람들은 어디서 책을 사고 어디서 빵을 사는 걸까? 이렇게 많은 사람들이 공원으로 산책 가는 주말.

이 동네엔 웬일로 왔는지 길 가던 시인이 내게 묻는다. 일
산엔 작가가 반려동물만큼 많다잖아. 책방 접었다는 소식은
들었다고 다시 책방을 열면 그땐 자신도 책을 사러 가겠다
고 한다. 설날 열차표 끊었는지 내게 묻는다. 자칫 늦으면
역방향 좌석밖에 없을 거라고 한다. 나는 고개만 끄덕거렸
어. 역방향으로 가도 고향에 도착할 거라는 멋진 말을 덧붙
인다. 시인은 혼자만 떠든 것을 밤에 후회하겠지. 혼자 있는
방식을 좋아하지 않는 걸까. 개를 보러 가는 길인데 같이 가
자고 한다.

광장이야. 유기견들을 맡아서 분양하고 있는 천막 아래
야. 아기 같은데 노견이라고 하네. 나도 젊어 보인다는 말을
가끔 듣잖아. 주인이랍시고 아무 이름이나 붙여 주겠지. 네
반려견 이름이 카눌레 맞지? 아무도 안 데려가면 안락사. 너
도 어렸을 땐 안락사가 아주 따뜻하고 다정한 사람 품에 안
겨 죽는 건 줄 알았니?

고양이가 내 손등에 발을 댄 채 나를 쳐다본다. 멸종 위기 어린 호랑이라면 이런 무늬를 가지고 있겠다. 고양이도 분양해요? 여자애예요? 이름이 뭐예요?

시인이 관심을 보인다, 인사만 할 거면서.

나는 영원히 누구의 것도 아니고

부드러운 소리가 저녁 거리로 흘러나온다
나는 문을 밀고 들어간다

한 사람이 서 있다
나를 보며 웃는 사람을 오늘 처음 본다

친구가 사는 동네의 상점들은 거의 다 비어 있고
이 건물도 철거 예정이라고 하던데

끝 날까지 기다리는 이들을 이상하다고 하지
먼저 와서 자리를 잡고 있으면
친구가 더 미안해할 텐데

따뜻하고 이국적인 음식을 나눠 먹으면
우리는 더 먼 나라로 여행하는 기분이 들 테지

이 노래 제목이 뭐예요?

서 있던 사람도 모르는지
물어보겠다고 말하며
주방 쪽으로 간다

주방은 커튼으로 가려져 있어
끝이 보이지 않는다

아무도 없는 기차 객실에 앉아
다음 칸에서 들리는 음악을 듣는 것 같다

미아 퍼 셈프레라는 칸초네네요
돌아온 사람이 몸을 굽히며 말한다

미아 퍼 셈프레가 무슨 뜻이에요?

서 있던 사람이 다시 주방 쪽으로 간다

의미를 모른 채 멜로디만 들어도 될 것을

나는 후회한다

주방은 청록색 커튼으로 가려져 있어
끝이 보이지 않는다

친구에게서 전화가 오고
노래가 끝나고
또 다른 모르는 노래가 흐른다

서 있던 사람은 걸어갔다가 걸어와서
내 어깨 가까이 몸을 숙이며 말한다

아까 그 노래 제목은
미아 퍼 셈프레
너는 영원히 나의 것
그런 뜻입니다

나는 파스타를 주문한다

일행이 오지 못한다는 말을 덧붙인다

서 있던 사람이 웃지 않고
주방 쪽으로 간다

그곳에서 그는 재킷 없는 음반을 다루듯
조심스럽게 프라이팬을 닦을 것 같다

나는 앞치마를 두른다
누구의 것도 아니지만
아무나 사용할 수 있는
똑같은 색깔과 크기의 앞치마 중에서
덜 더러운 것을 골랐다

나는 누구의 것도 되고 싶지 않아서
아무도 나와 밥을 먹으려고 하지 않는 것 같다
심지어 떠나기 전날에도

의자가 많은 식당처럼 적적한 마음에
모르는 노래가 부서진다

축축하지만 덜 익은 면을 뒤적거린다

일방통행로

강을 거슬러 오르는 물고기를 본 적 없지만
남들이 가지 않는 길을 가는 사람을 따라간 적 없지만
반시계 방향으로 태양 주위를 도는 나의 행성을 떠난 적
없지만

언젠가는 내 삶의 방향을 바꾸리라
문을 박차고 나가 극지 쪽으로 달음박질치리라
생각만으로 맥박이 빨리 뛰는 걸 느낄 수 있었다

극지의 눈보라를 미리 경험해 보라는 듯
북극한파가 몰려온 날 아침이었다
북극과 남극을 잇는 선을 축으로 반시계 방향으로 회전하
던 나의 행성이 멈추려고 했다

새벽녘부터 극심하게 두근거리던 심장이 조여 왔고
어디 부딪쳤는지 모르는 멍처럼 얼굴이 새파래졌다

심장 판막에 문제가 있습니다

혈액이 역류하면 죽음에 이를 수 있어요
어려 보이는 의사가 녹아 가는 눈사람처럼 보였다
응급실 흰 침상 주변은 설원이 되어 가고 있었다

피도 지구처럼 일정한 방향으로 돈다
몸속의 피는 지구 세 바퀴 넘는 거리의 혈관을 순환한다
이것은 일반적인 상식이라고 한다

내가 실험이나 관측을 통해 알게 된 건 아니지만
항로를 거꾸로 가다가 침몰한 배에 탑승한 적은 없지만
심장의 문이 완전히 망가진 건 아니지만

당기라고 하는 문도 밀어야 열릴 때도 있지만 모든 문은
향방이 있다는 것
문을 부수고 역방향으로 가면 마지막 인사도 나눌 수
없다는 것
내 심장의 문이 열리고 내 혈액이 지구 세 바퀴 넘게 도는
방향으로

그 일방통행로를 나아가리라

북극여우도 살지 않는 설원에서 길은 끝나고 심장과 마음
을 잇는 선이 사라질 즈음

나에게서 가장 멀리 떠나온 거기에서

그 극지의 눈보라 속에서 너에게 미래를 부칠 수 있다면

마지막으로

여인을 찾아갈 것이다 신년이니까 회피할수록 인접해지는 이들이 무수하지 않기를

지상에 없는 집으로 영원히 사망자가 없는 세계로 아버지가 떠났으므로 이제 나는 그 여인과 연결될 이유가 없지 않는가

무수한 별들은 서로 부딪치지 않으려고 빛을 발한다 이 밤이 지나면 신념을 가지고 거리에서 신년을 맞은 멍청한 정치인들처럼 다투지는 않을 것이다

더는 싸우고 싶지 않아서 매달 용돈을 보내 드리고 있는 여인을 찾아가 마지막 인사를 한 후 절연할 것이다 그러면 내 인생에도 평안이 올 것이다

그 여인이 새어머니라고 말했던가? 새어머니를 가진 이는 무수하다 새어머니와 적대적이지 않은 이도 무수하다 엄마를 자살로 몰아간 새어머니를 나를 상습 학대한 여인을

>

　마지막으로 만나러 갈 것이다 신년이니까 새로운 전환점이 필요하다고 정치인이 자정 뉴스에 나와서 말한다 텔레비전을 끄고

　과자 그릇을 안고 나는 안락의자에 앉는다 빌리 홀리데이 노래를 들으며 창밖을 본다 이 애처로운 노래는 엄마가 나를 뱄을 때 들었던 음악이라고 했다

　이 밤이 지나면 새어머니를 만나러 갈 거라고 말했던가? 그러면 모든 걸 잊고 말뫼로 떠날 것이다

　오, 얼마나 행복할 것인가 누가 봐도 악의가 없는 내게 평안이 올 것이다

　나는 안락의자에 앉아 과자를 먹으며 기미투성이 얼굴에 삭아 빠진 이를 가진 새어머니 얼굴을 떠올린다 화초와 개만큼 나를 좋아해 준 새어머니 나를 이상한 열매 취급하며 창밖으로 내던지거나 땅에 파묻진 않았지

>

젊은 시절에 나는 안락의자를 샀다고 말했던가? 이 의자
에 눕다시피 앉아 나는 열 권의 책을 쓰고 서른한 번의 겨울
을 보냈다

날이 밝았어 이제 밑도 끝도 없는 이 의자에서 일어나 마
지막으로 새어머니를 만나러 가야 한다고 작년에도 재작년
에도 그렇다 서른 번 넘게 지껄였다

태교부터 직업교육까지 왜 받았나 모르겠다 떨어지는 감
응력 발육되지 않은 마음만 무수하지

몸을 녹이려고 태양 가까이 가서 몸이 다 녹은 사람처럼
나는 까마귀 색 의자 속으로 빨려 들어갈 것 같다 그 여인과
부딪치지 않으려고 발광을 하며

아, 마지막으로 마지막으로 이 쓸데없는 부사를 남용하며
나는 큰소리로 웃어댈 것인가

봉골레 파스타 먹으러 와

검은 천을 덮어 두었더니
깊은 바닷속인 줄 알고

바지락조개가 뻘을 다 토했다

별로 손질할 필요 없어
나는 살아 있는 조개를 끓는 물에 넣었다

갯벌 묻은 양동이만 한 내 세계에
뭐가 뒤덮여 있는 줄 모르고

2부

꿰맨 흉터 가리려고

소매를 잡아 늘리는 습관을 고치지 않는다

나의 정원에는 불타는 나무가 있었고

톱자국 지니고 성장한 나무가 있지
도끼 자국과 함께 커가는 나무가 있어
천둥과 벼락 맞고도 무성해지는 숲이 보였어

생일처럼 외로운 날
낮에 꾼 그 꿈속의 숲 이야기

부적 팔찌 사주겠다는 친구
내게 자꾸 흉한 일이 생기니까
정초부터 넘어져 깁스했으니까

해가 다 저무는데 인사동 골동품 가게 앞에서 만났다

무거워
색깔도 칙칙해

벼락 맞은 대추나무로 만든 거니까 끼고 다녀
귀신 쫓아 준대

복을 부른다잖아

가판대 가득 쌓인 행운들

천연 벽조목이 이토록 많다면
　멀쩡한 대추나무를 고온 고압으로 변형해서 파는 장사꾼
들은 없을 텐데

그을린 너의 얼굴
무른 마음
이야기를 들려줄까

톱자국 도끼날 맞은 자국 품고 아름답게 자란 나무들이
보였어
달콤한 정적 햇빛만 가득했어

꿈같은 소리 집어치워!
뒈지게 맞아 봐라, 진짜로 칼 맞아도 그런 소리 나오나

\>

우리는 칼국수 먹으러 왔다

어둠이 없는 데가 지옥이죠
밤에도 불을 꺼주지 않는 곳이 감옥입니다

70여 년 만에 무죄 선고를 받아 명예를 회복한 할머니
수감 생활을 말씀하신다

우리는 머리 맞대고 뉴스를 본다
밥 먹으며 휴대폰 보는 습관을 나는 못 고쳤고
너는 스스로 만든 손목 흉터 가리려고 소매 잡아 늘리는
습관을 고치지 않는다

박사들의 세계

꿈과 지혜의 상징이지

북쪽 숲에서 올빼미가 울고 있었다

올빼미는 숲의 박사라고 불리거든

저 소리의 정체가 부엉이인지 올빼미인지 어떻게 알아?
내가 김박에게 물었다

김박은 교수 임용에서 떨어진 후 행방이 묘연했다 우리가
동료의식을 발휘하여 그를 찾아온 거다 김박은 원주 백운산
아래 괜찮은 집에 은둔하고 있었다

부엉이와 올빼미는 흡사하게 생겼지 두 놈 다 야행성이며
외진 곳에 거주하지만 부엉이는 머리에 뾰족한 깃이 있고
몸집이 약간 더 커

눈보라 그친 비탈길을 그들과 내려가는 동안 묵직하고 짙

은 청색의 밤이 되었다

북쪽 숲에서 부엉이 소리가 들렸다
작은 울림이 거듭되었다

청춘을 함께 보내지 않은 우리들은 서로를 잘 알지 못했
고 때때로 이름조차 헷갈렸다 언제나 김박 이박 변박이라고
불렀으니까

변호사들은 김변 이변 변변이라고 부르잖아 왜들 그러지

이론적으로는 알지만 별안간 커다란 새가 소리도 없이 날
아오면 부엉이인지 올빼미인지 모를 것이다 뒤통수를 부여
잡고 도망치느라 바쁘겠지

누구도 무슨 말을 하고 싶은지 몰라서 쉴 새 없이 말을 하
는 밤이다

밤눈이 어두운 우리들은 가로등 있는 길을 찾아냈다

유자

처음 본 줄 알았는데 9년 전에 만난 적 있다고 하네요.
그때도 이 사람은 자꾸 웃는 사람이었을까요?

진척 없다는 사람,
"친척은 있어요?"
　그는 다가가면 뿌옇게 흐려지는 유리창 같아서 숨을 참
아 봅니다.

몇 년째 시나리오를 쓰고 있지만
지난 영화도 엎어졌다고 하네요.

토굴 같은 방 한가운데 난로를 피우네요.
그가 유자 따고 번 돈으로 장작 사고 고구마도 사서

나는 난롯가에서 군고구마를 기다립니다.

"유자밭에서 일하는 거 재밌어요?"

"유자밭 일이 돈은 되지만 생각보다 어려워요. 유자나무

가시가 세상에서 제일 독해요. 대못보다 더 무섭더라고요."

그는 한 달 유자 농장에서 일하고 두 달 글을 쓰고, 두 달 공사판에서 일하고 석 달 글을 쓰는 식으로 살아갑니다.

지난주엔 유자 가시에 찔려 응급실에 실려 갔다고 하며 웃네요.

자기가 다니는 농장에서 만들었다며 유자청을 선물로 내놓는 건 뭐예요!

내가 제일 싫어하는 음료는 유자차라고
누가 물어보면 말하겠어요.

달에서 더 멀리

큰 유리병 가득 꿀이 담겨 있다

작은 플라스틱 튜브형 병들
주방 바닥에 늘어놓고
꿀을 나눠 담으려고 한다
이 한밤중에

유리병 들고
무릎 꿇고
심장을 기울인다

벌꿀은 별로 흐르고 싶어 하지 않는다

둥근 덩어리로 뭉쳐져
유연하게 흘러내리지 않는다

왈칵 쏟아진다

줄곧 함구하고 있던 사람의 말처럼
용케 참고 있던 눈물처럼

엉겨 떨어지지 않던 수만 가지 기분은
꿀처럼 점성력을 가지고 있다

바닥에 황금빛으로 번지는 꿀을 수습하지 못하고 있다

                    *

협소한 내 마음에 옮겨 담으려던 것은

당신이 만들지 않은 당신의 것

꿀벌이 벌꿀을 모은 시간
셀 수 없는 꽃가루의 질서

귀농하여 산 땅은 맹지였고
좁은 진입 도로조차 없는 그곳에

가파른 비탈에

벌통을 놓으셨다지요

선물이라기엔 너무 큰 꿀단지
선의라기엔 지나치게 늦은 불명확한 해명

내 마음이 옹졸한가요
용서는 당신이 하는 게 아니에요

바닥에 고인 꿀을 손으로 떠서 먹어 본다

내 손바닥으로 떨어지는 눈물
나눠 담을 수 없는

달빛인지 꿀인지 마구 뒤섞인

이편한세상

해금이 기타와 어울린다는 걸 알았다
소극장에서 연주를 들으며

극장 아르바이트 마치고 백화점에 갔다

선물에는 선물을 고르는 시간과 정성, 공손까지 들어간다
는 걸 알았다
어렵게 선물을 준비하고서야

많은 것을 알게 된 알찬 하루였어
슈크림 빵을 먹으며
축하 카드를 썼다

오래 끊겼던 일이 들어오기 시작했다
친구가 여행 간 사이
여기는 내 집 같다

웅성거림이 느껴졌지만

창문을 닫았다

그 밖의 일은 알 수 없었다

알고 싶지 않은 건 아니었을까

내가 세상 편했던 그 시각이

노인이 로열층에서 떨어지려고 상층부로 올라갈 때쯤이

었다

하인리히, 하임리히

기도하다가 기도가 막혀 죽은 사람은 없겠지만

할머니가 절에 가서 기도하고 받아 온 떡을 내가 먹다가
질식사할 뻔하지 않았다면 나는 영영 헨리 하임리히 씨를
몰랐겠지

모르고 살아도 좋을 이름들

사랑하는 이가 치매에 걸리고 나서 알츠하이머가 독일의
정신과 의사 이름이란 걸 알게 된 것처럼

계기가 운명의 계량법은 아니겠지만

하인리히 하이네의 시를 읽고 나서 시인이 되고 싶어졌다
고 말하는 노인과 마주 앉았다
그는 60년 전부터 그랬다고 한다

한순간 빛났던 한 구절 때문에 한평생 다정하게 기다리는

이름들

어떤 바람은 병증처럼 전조 증상도 없이 후유증을 남기며
시간이 지나도 회복되지 않는다
다짐은 무슨 힘으로 단단해지나

시를 배우겠다는 노인이 내 손등에 자신의 손을 포개었다
실금이 갔고 따뜻했다

오이도, 생 말로

우리 둘 다 시흥은 처음이다
에밀리 리의 엄마가 살았던 집을 찾아 하루 종일 시흥을
돌아다녔다
반세기 전 주소를 들고

한국에 처음 온 에밀리는 어릴 적 미국으로 입양되어 간
친구
찾을 수 없는 것이 있다는 걸 우리는 안다

오이도에서 회를 먹고
등대 옆 방파제에서 오징어 먹는 갈매기를 보았다
늙은 여자가 공판장으로 끌고 가던 수레에서 떨어진 오
징어

우리를 떨어뜨리고 세월이 갔다

생은 지금과 죽음 사이의 망설임 같다
라고 더듬거리며
에밀리가 말할 때

\>

그녀의 한국어는 부정확하고
그녀가 말하려는 관계를 가리키는 단어가 영어에는 없는데

큰맘 먹지 않기로
마음먹는다

여긴 생-말로 같아
우리가 몽생미셸 갔다가 들렀던 해변

아이를 다른 나라로 보낸 엄마를 아무리 찾아도 찾을 수
없어서
  생은 말로로 가는 미로 같고
  왠지 나는 마음이 놓였다

귀로의 끝에는 캄캄한 바다가 있었다
염색한 금발에서 자라 나온 에밀리의 검은 머리칼 같은

북극한파

너는 아름다운 엽서를 내게 보냈지
오지 말라고
툴루즈에서

"강설 및 기온 급강하로 이 열차는 저속 운행하고 있습
니다" 나는 창가 쪽 좌석에 앉아 방송을 듣고 있어

2023년 서울에 처음으로 북극한파가 몰려온 날이야

너는 멀리 장밋빛 도시에서 아름다운 엽서를 내게 보냈지
오지 말라고 거긴 너무 춥다고

여기보다 더 추울까 만나지 못할 만큼 혹한일까 나는 북
극 한기를 느끼네 내가 가지 않을 극지의 눈보라는 이러한
가 내가 영원히 가지 않을 거라서 북극은 한파를 내게 보내
주네 그 세상을 느낄 수 있게 하네

그 먼 나라에서 너는 오로라가 그려진 성탄 엽서를 보냈

지 너무 추운 그곳에 내가 도착하더라도 너는 너무 바빠서 만날 시간 없다고

1348년에는 흑사병과 백년전쟁이 발발했던 거기, 여름엔 강수량이 많지만 겨울은 그다지 춥지 않다는 정보가 검색되는군

너는 내게 올 수 없으니까 북극한파처럼 그곳의 공기를 내게 보내 주는 거지
오지 말라는 그 말이 불러일으키는 섭섭한 눈보라

달리는 열차 안에서 네가 보낸 엽서를 다시 꺼낸다 항공 봉투에서 퍼지는 가론강 가의 시린 물 냄새 어두워져 가는 장밋빛 벽돌 아름답게 낡은 건물들 소용돌이치는 눈발 너의 고독을 지키려는 의지

너에게 가고 싶은데 나는 다른 데로 가고 있어 네게 가지 않으려고 바다로 가고 있어 열차 승무원이 다가와 내가 앉은 자리가 내 자리가 맞냐며 표를 보여 달라고 하네

한 번 다녀온 세계

녹지 없음.

새 없음.

적란운 없음.

우울증 환자처럼 아픈 자, 사랑에 눈먼 자, 배고픈 자 없음.

따라서 병원과 약국, 장례식장, 식당, 정육점 찾을 수 없었고요.

폭발 없음.

증오나, 희망, 열정, 사랑처럼 비이성적인 단어는 없어요.

윤회도 없죠.

그것들 빼고는 다 있었어요.

이 세계 입구에서 한나절 걸으면 이 세계 끝에 다다라요.

11년 살던 동네를 떠나기 전날, 직장 가는 지름길을 알게 된 것처럼 허탈하죠.

횡단보도에서 튕겨 나가 누워 있었죠.

왜 나를 살펴보던 이들은 뺑소니칠까요?

>

난 숨을 완전히 놓치진 않았어요

구름에 처음 이름을 붙인 사람이 사는 곳으로 다녀왔습니다.

그런 데 갔으면 시를 쓰라고

친구들이 부추기죠.

내가 절망한 줄 모르고

절경지처럼

태곳적 폭포와 분화구 보러 갔어요? 휴화산인지 사화산인지 분별할 수 없었겠죠.

두 번 갈 데는 아니에요,

한밤중에 귀국한 사람들이 공항을 빠져나오며 말합니다.

시골 도둑

아주 축축한 날이었다

우리가
갈대를 보러 갈 이유가 없었다

굳이 가지 않아도
마음이 늪이었다

"시골에 사니까
쓸 게 없어요.
자꾸 자연에 매몰되어……"

순천 사는 시인 N이 내게 말했다

그즈음 나는 시골과 도시를 왔다 갔다 하며 살고 있었다
철새처럼이라고 말하지 않았다
마침 새 떼가 날아갔지만
철새의 생리에 관해 잘 모르니까

>

시골에서 태어나 시골에서 오래 살았다는 말은 하지 않
았다

작은 지역일수록 모략과 암투 많다고 했던가

그때나 지금이나 소외감

수치심 느낀다는 말도 하지 않았다

"저 새는 흑두루미인가요?"

내가 N에게 물었다

"저 새는 청둥오리예요

날갯짓을 보면 구별하기 쉽죠"

몸이 무거운 새들은 요란하게 날개를 퍼덕거리며 이동하고

몸이 가벼운 새들은 유유하게 날아간다고

N이 가르쳐 줬다

나는 어딜 가나 소문이 났다

내가 파닥거리며 떠들어댔으니까

아주 환하게 달이 뜬 밤이다
자다 일어나 나는
가느다란 거미를 죽이고
시를 쓴다

제목은 흑두루미
시골 시인에게서 들었던 말을 옮긴다

몸집이 큰 새는……

나보다 더 가난한 이의
마음속 노트를 훔치면서도 숨죽이지 않는다

여유 있게
태연하게
도둑처럼 비정하게

쓸 게 없다는 시인의 언어를 뒤집었다가 다시 잘라 내면서

세상이 비루하고 비참하므로
나의 창작도 그러하다는 말로
나와 대립한다

서랍을 연다
포개 놓았던 양심은
바닥이 얕은 서랍 뒤편으로 넘어간 지 오래다

처음부터 의도한 것은 아니었어
늙은 도둑이 중얼거리며

습기 가득한 내면의
억새숲에서 달아난다

크래시 랜딩

좋아하는 시인은 시를 쓸 때 제목부터 적는다고 했다. 나도 시도해 본다. 헨드릭스의 긴 기타 솔로 듣는다. 어디선가 살고 있을 나의 엄마에게, 떨어진 후 본 적 없는 나의 친척에게 '안녕하세요'라고 시작하는 편지를 쓰는 기분이 든다. 제목부터 쓰는 시는 기상 상황을 고려해야 한다.

내가 좋아하는 시인들은 모두 한두 번 죽을 고비를 넘겼다. 태어나지 못할 뻔하다가 태어난 시인도 있고 이미 죽은 시인도 있다. 나는 그들의 시 창작법을 모른다. 어쩌다 제목부터 적는다는 말을 듣게 되었다. '내가 무슨 말을 하는지 알잖아'라고 그 시인이 말했지만 나는 무슨 말인지 몰랐다.

어쨌든 제목부터 적었다. 지미 헨드릭스의 노래 제목을 땄다. 몇 해 전 내가 호숫가에서 책방 운영할 때 하루는 책방 문을 닫고 호숫가에 누워 있었다. 내 이마 위로 드론이 날고 있었다. 믿을 수 없을 정도로 낮은 고도로. 비행 실행했으나 활강을 제어할 수 없는 조종사가 어쩔 줄 모른 채 울부짖다시피 했다.

비행경로를 체크했지만 기상 조건이 따라 주지 않았다. 난 목적지가 헷갈려 허둥대다가 간신히 비상착륙하곤 했다.

네게 떨어질 작정 아니었어. 내 귓속으로 틀어박히는 음악도, 이마에 내려앉은 입술도, 내 마음으로 투신한 조종사도 치밀하거나 대담했던 게 아니었어.

　모든 것이 내 곁에서 제자리로 돌아갈 궁리를 한다. 내겐 제자리도 기원도 없다. 외로워서 우나요? 사랑하면 더 울게 돼요. 제목 먼저 쓴 시는 자율 비행하고 내가 무슨 말을 하고 있는 줄 모르지만, 호수로 추락할 것 같은 내 바지에 시선을 집중해야 한다.

3부

넌 네 생각보다 선량해

바이 바이 블랙버드

깊은 잠을 자고 나면 제거되어 있을 겁니다

두 시간
혹은
세 시간 남짓

무용한 살덩어리죠
혹은

그래서
금식 중이다

조 카커 노래 들으며
안녕 나의 검은 새여
설탕은 달콤하고 당신도 그렇죠
침대를 정리하고 불을 꺼주세요

혹시 깨어나지 못하면

어쩌지

핑크 환자복 입은 내 사진을 찍어 주는 너

우리는 작사 수업에서 만난 사이

네가 가져온 책이 빈 상자 위에 놓여 있다
여자들이 의사의 부당 의료에 속고 있다°

없어서는 안 될 장기인가
원인 모를 자궁출혈

60그램 남짓
주먹만 한 크기

혹이 생기기 전엔 무관심했던 자궁의 무게와 크기
의혹보다 섬뜩한 진단

안녕 안녕 검은 새여
여기 있는 그 누구도 날 사랑하거나 이해하지 못했죠
비애와 불운을 모두 챙겨 나는 떠납니다
오늘 밤 늦게 도착할 거예요

이봐요 불 좀 꺼줘요
옆 병상의 환자가 부탁한다

돌연히 쓰러지기 전까지
이따금
가청 음역대를 벗어나는
안 들리는 소음으로 고통스러웠다

나눠 낀 이어폰을 동시에 뺀다

작년에 똑같은 수술을 했다고 너는 속삭인다
넌 네 생각보다 강해
안 죽어

° 로버트 S. 멘델존.

목동의 밤

당신은 지금 잠의 가시덤불 속에서 양 떼를 세고 있습니까? 한 마리의 양을 잃은 상실감으로 뒤척거리다 일어나, 모든 양을 풀어 주러 나왔습니까? 오목교역 뒤편으로 끝없는 초원이 있습니까? 집들은 모두 낡은 목조건물이고, 지붕에서 뜯어낸 판자로 만든 덧문 너머 별들이 빛나고 있습니까?

지붕 고치는 사람처럼 나는 사라져 가는 직업의 사람입니다. 어쩌다가 우연히 걸작을 만들 수 있다고 믿는 사람들은 모두 죽었습니다. 직장을 잃게 될까 봐 의사들은 집단 파업했을까요? 그들의 회진 시간이 연기되고 6인실의 환자 한 명이 자신의 유방을 꺼내 물수건으로 닦고 있습니다.

하늘은 자궁처럼 어두컴컴합니다. 민무늬 물혹 같은 구름이 떠 있네요. 말랑말랑한 땅에서 무한 복제되는 식물처럼, 내가 하늘의 별을 천공의 종양이라고 쓴 적 있나요?

최근에 나는 비유가 싫어졌어요. 비위도 약해져서 자꾸 토했답니다. 일면식 없는 의사가 나한테 보호자가 없냐고

물어보는 것도 거슬리지만…… 자궁이 없어도 괜찮다고 나는 의사에게 대답합니다. 심각하고 진지하게 자궁, 자궁내막, 난소, 소물혹, 복강경, 소행성 이름 같은 단어들을 거듭 생각합니다. 생각만으로 세상을 바꿀 수 있다고 믿는 사람들은 풀도 가축도 무시하는 목동 같아요.

오리나무 숲에 누워 별을 본다고 생각해 봅니다만, 눈을 감고 바라보는 하늘엔 피혹 같은 달이 가득하고, 터질 것 같은 방광, 징이 박힌 구두로 짓밟는 것 같은 골반뼈의 통증……

내가 키웠을 것입니다. 몸이 휘청할 정도로 달콤한 음악, 빨리 털어 내지 못한 기억, 수치를 잴 수 없는 수치심, 내면화하는 게 아니었어요. 외부에서 요인을 찾는 게 현명할까요?

이제 침대를 세우고 관장약을 먹어 보겠습니다. 내일 수술합니다. 수술이 필요 없었다면 여성 병동에서 지낼 기회가 없었겠지요. 나의 자궁도 나에게 주목받지 못했을 거고요. 목동의 목은 나무 목이래요. 어둑한 나무들이 봄꽃을 피우려면 물을 한껏 빨아들여야 할까요. 3,000밀리리터, 이 엄청난 양의 물을 마시기 전에 적었습니다. 수술하다가 죽는다면 이게 마지막 메모거든요.

특성 없는 여자

모르겠다, 따끔하고 뻣뻣한 여자는 아니었는데 말 붙이기 어려웠다, 홀연히 끝도 없는 설원으로 걸어간 (도대체 제멋대로인) 그 여자는 돌아올 것인가.

키스처럼 지저분하고 포옹처럼 불편하며 연인의 팔베개만큼 끔찍한 여자였다. 그만큼 그녀는 평범했다. 우리가 서로를 외면하려고 잠을 잔 건 아니다.

여긴 한 애서가의 별장이다. 별장 뒤로 고요하고 작은 해변이 있다. 주변은 눈에 덮인 들판이다.

그 여자와 나를 별장 후문 앞에 내려 준 편집자는 악화일로를 걷고 있는 출판사 사정을 말하며 황급히 떠났다. 애서가가 오면 우리의 업무와 (아마도 책을 엮는) 적지 않은 급료에 관해 일러 줄 거라고 했다.

이곳까지 오는 내내 그녀가 잠을 잤기 때문에 나는 그녀와 아무 얘기도 나눌 수 없었다. 그녀는 읽고 쓰는 사람이라고 편집자가 알려 주었다. (돈도 직업도 없고 조급함도 없는 사

람 같았다)

별장 거실은 책으로 가득했다. 길고 굽은 복도를 따라 방
으로 갔다. 그녀가 서성이다가 무언가 대단한 것을 발견한
듯이 내게 말했다. 당신이 쓴 책은 여기 한 권도 없군요.

간간이 들리는 파도 소리 사이로 해가 지고 있었다. 강렬
한 사양이었다. 우리는 창가에 서서 한동안 서로의 손등을
찍고 있었다.

밤은 짧아 걸어 이 여자야°

걷기를 좋아하는 인간만큼 다루기 어려운 인간은 없지.
그 여자는 자신에게 중얼거리며 지금 설원을 걷고 있을 것
이다.

밤은 짧지 낮도 너무 짧잖아 멀리 걸어가라 이 검은 머리
여자야

어디에도 머무르지 못하는 여자는 질병과 생활고가 뻔한 들판을 걸어간다, 외투도 없이. 그 여자는 지금 나를 용서했다.

아니, 아니, 나를 잊었다. 아니, 아니다. 더는 배타적이지도 않다니! 얼토당토않게도 더 이상 전혀 내게 원한도 없이 기대도 없이…… 서로 어떠한 영향을 받지 않는 관계의 성립이 용서라면……

뭐라도 드시겠습니까? 정갈하고 검은 옷을 입은 집사가 케이크 한 조각을 들고 서 있다. 내 곁에 있던 여자가 사라진 것을 알아채지 못하는 듯이. 아니, 도착했었다는 사실조차 모르는 듯이.

불을 껐다. 오래된 의자에서 아름다운 집사는 비스듬히 졸고 어둠 속에서 나는 단순하다. 뭐라도 쓸 것이다. 날은 밝아 올 것이며 빙판은 얇아지겠지. 나는 스케이트를 탈 줄 안다.

° 모리미 도미히코의 『밤은 짧아 걸어 아가씨야』 변용.

가둔 물 밑에서

간밤엔 잠을 이루지 못했습니다
밤의 낭떠러지에서 해 떠오르는 산 너머까지
위태로운 줄을 붙들고 건넜습니다

이 산악 마을엔 사망자가 한 명도 없습니다

문장들 다 부서지자 아침입니다
눈이 쏟아지는 아침입니다

당신의 협곡에도 흰 눈 내립니까
그곳에도 첫눈이 오나요
파쇄한 백지처럼 눈보라 치나요

저수지 쪽으로 내려오는데 당신이 나를 붙드는 줄 알았
어요
　내 솔이 바위틈에 낀 줄도 모르고

여기 온 지 얼마 안 되어 이 세계를 잘 모르겠어요
　물 위로 내리는 눈송이같이

물속에서 반짝거리는 회색 숲같이

당신이 계신 그곳에도 신년이 시작되나요
영원히 아무도 태어나지 않는 곳을 낙원이라고 하나요
죽으면 다시 죽지 않습니까

이 마을엔 사망자가 단 한 사람도 없습니다

온몸으로 밀고 나가는

해 질 녘 남쪽 해변에 닿았다
길을 헤맸지만 도착했다

맨발로 갯벌 밟으며 바다 가까이로 걸어갔다
파도에 온종일 들떠 있다가
물이 빠지자 바닥에 내려앉은 부표 옆에서
나는 노을을 기다렸고 너는 고둥 잡자며 주머니에서 비닐
봉지를 꺼냈다

고둥이 맞아?
여기 많다
고둥이 맞는 말이야?

밀려 나가면 밀물이야? 썰물이야?

바지 걷어 올리며 큰소리로
내게 묻는 건지
자신에게 묻는 건지

>

정작 물어보니까
헷갈리잖아

어두워 가는 갯벌 위엔 경이롭게도 금이 많다
금을 따라가면 고둥이 있다

길인지
흔적인지
자취인지
성과나 업적으로 파생되기도 하지

뻘 위에 못으로 그린 추상화 같은
이것은
생존 발각될 단서
순식간에 채취될 노선

고둥이 금을 그으며 기어가고 있다

퇴적물 위에

너는 해수 같은 혼합물과 갯벌 같은 잔여물을 사랑하고
오롯하지 않은 것들을 내가 사랑해서

우리는 편협한 안목을 지녔는지

포물선도
직선도
점선도
아닌

요절한 사람의 기다랗고 세밀한 손금처럼

고둥이 온몸을 밀며 길 반대편의 길을 만들고 있다

고둥이 지나갈 수 있게 맨발 들어 준다

온몸으로 쓰라는 죽은 시인의 말을 끝끝내 모르겠다
이토록 오래 고둥을 응시한 적 없었다는 건 알지만

어둠이 급격하게 해변을 덮고 있다
모든 발자취도 바닷물에 깨끗해지겠지

길치인 우리가 좋다

빈 비닐봉지가 후덥지근한 밤바람 싣고
온몸으로 날아오른다

모자라서 씁니다

지금까지 모자 몇 개 잃어버렸어요?
모자라서 모호합니다

당신은 잿빛 모자를 눌러쓴 채 몰두합니다
모자 안에 당신을 감추었군요

지금까지 잃어버린 우산보다는 적을까요?
나중에 만나요

모자를 잃어버린 나는
모자랍니다

체크아웃하고 차 타고 가다가 게스트 하우스로 돌아와서
침대 위에 있는 모자를 얼른 챙겼죠

그 모자를 쓰고 식당에 가서 저녁을 먹었는데
사라진 모자

모자를 잃어버렸다고 말하면
스카프를
귀고리를
책을
지갑을
잃어버린 적 있다고 말하는
당신들이 있어요

모자라는 작심이 좋아요
체온이
저녁이
의자와 얼굴이

이번 사랑은 오래 가져요

모자라서 사적이며 다정한가요?
저 낮달이 하얀 안전모로 보이나요?

나는 모자라서 그늘을 만들거나 날아가기도 하죠

뭘 쓰는 게 내 안전을 보장할 리 없지만 턱걸이 끈이 되기
도 해요

잃어버린 뾰족한 모자 쓰고 모자라는 시를 쓰는 당신은
누구세요?

여름에 애인이 있다면

아침 일찍 카페에 가지 않겠어
카페 문 열릴 때까지 서성이다가
콘센트가 있는 구석 자리 찾아 두리번거리지 않겠어

한여름에 애인이 생긴다면
집에 당장 에어컨부터 달겠어
나의 밝은 방으로 그를 초대하겠어
같이 마트 가서 고등어를 골라도 재미있겠지

하지만 애인을 찾을 수가 없네
둘러보면 유쾌하게 떠드는 사람들뿐이야
내가 다정해 보이지 않는 건 알아
만약 내가 식물이라면 내부에 붉은 꽃을 피우는 과야
저기 혼자인 이는 온라인 게임만 하고 있군
말을 붙일 찬스도 없네

"이렇게 나이 먹은 사람이 오실 데가 아니잖아요."
마주 앉은 이가 찡그리며 말했지

우연히 부킹한 것뿐인데
친구 부부 따라 춤추러 간 것뿐인데

그날 샴푸나이트클럽 사이키 조명 아래에서
그도 내 또래로 보였는데
인간은 자신을 실제보다 더 젊게 생각하지

아, 여름날 애인이 있다면
밤새 춤을 추겠어
물속에서도
원피스 안에 수영복 입고 지금 당장 해수욕장 달려가겠어
잠자지 않고 밥 먹지 않아도 헤엄치며 신나겠지

저녁때가 가까우니 카페 손님들이 해변 피서객처럼 빠져
나가네
음료 한 잔 더 주문해야 눈치가 덜 보이겠지
아, 무화과 캉파뉴는 왜 이리 비쌀까

여름에 애인이 생긴다면

카페에서 죽치며 우스꽝스러운 시를 쓰지 않겠어

러시아 형식주의자 아니었나

피칸을 먹어 봤지만
피칸나무는 처음 본다

알 필요 있을까
피칸나무의 역사적, 사회학적, 식물학적 맥락이나
우리 동네 뒷동산에서 자라게 된 계기나 의도 같은 거

피칸 자체가 품고 있는 내재적 요소가 중요하다
아닌가

나 혼자 산책하고
씻고
지하철 타고
시인들의 모임에 갔다

시클로프스키와 야콥슨도 이런 데서 만났을까

러시아 횡단열차 내부처럼 북적거렸다

처음 보는 시인 조가 있었다
작품으로만 아는 사이였다

그의 시를 읽어 봤고 시를 분석했으므로
나는 조 시인을 충분히 안다
그가 어디서 태어나 어떻게 살아왔는지
취향은 어떤지
알 필요가 없지
않은가

양이 몇 살이든 어디서 왔든
방목했든 살육되었든
질기지 않으면 됐지
프리미엄급은 다르다고 했다

쯔란에 양꼬치를 문지르며 나는 조에게 물었다

전남 살았다면 해남에도 가봤겠네요

난 모레 해남으로 한달살이 가는데
거기 가볼 만한 핫플이나 식당 좀 알려 줄래요?

조는 조금 머뭇거렸다
유난히 영롱한 눈을 깜빡거리며
나를 가만히 바라보았다
낮고 부드러운 그의 목소리가 숯불 위
빙빙 돌아가는 기계를 건너오며 지직거렸다

제가 해남에 가보긴 했습니다만……
몇 달 동안 매일 새벽에 순천에서 해남으로 출발했지
만…… 셔틀 승합차 안에서 계속 잠만 자서요
아는 데라곤 공장밖에……
거기 식용유 만드는 공장에 일하러 다녔거든요

이달 말에 첫 시집이 나온다는 신예 시인 조가
가난해서 안 해본 일이 없었을 청춘의 시인이
내게 알려 줄 곳이 없어

안타깝다고 했다

연한 양고기 기름이 튀지 않았어도
내 얼굴은 번질거렸을 것이다
아닌가
먹어 치운 티도 내지 않았나

하루살이는 딱 하루만 살고 죽는다
아닌가

한달살이는?

문을 열면 큰 가스통이 있는 방에서
해남 한달살이도 끝나 간다

다시 종로에서 조와 마주친다면
나는 미안하고 부끄러워서
죽은 척을 할 것인가

>

조의 시집을 꺼내 사인 받아야지

두 개의 노란 수레바퀴가 있는 시집 커버도 예쁘다고 말
할 것이다

아무도 모르게 나 혼자

연둣빛 첫 열매를 맺었을 뒷동산 나무를 보러 가야지

너의 일루셔니스트

나는 섬에 살아
보트에서 살기도 해
샤워 커튼으로 방을 만들었어

이 맥주 다 마시면
바닐라 향이 나는 샴푸를 사러 갈 거야

(주로 보트에서 먹고 자는 이 여자: 올리브색, 아니 쑥색 머리로
    내 17세 생일 아침 손목에 댄 면도칼을 순식간에 실버 주얼리
로 만들었던 자
    실버 주얼리: 은팔찌로 상당히 변색)

너도 패턴을 깨봐
그러려는 노력이라도

(여기까지 다 쑥색 머리 여자 말이다)

(나는 글 쓰려고 일을 쉬고 있는데

글을 못 쓰고 있다)

디젤 냄새 나는 항구에서
어느 도시로 갈지 궁리하는
내 생활이 나쁘지 않아

(정말이지 나는 나가고 싶은데
양쪽으로 길게 관객들 앉아 있다)

(괄호 바깥은 다 쑥색 머리 여자의 말이다
나는 괄호 안에서 양손으로 담배를 말고 있다)

파도가 높아
내 보트 부서졌는지 괜찮은지 가봐야겠어

(태풍 치는 바다로 쑥색 머리 여자가 뛰어든다
놀라움과 당혹, 어쩌다가 기쁨을 샴푸 거품, 아니 파도 거품처
럼 남기고)

렌틸콩과 러닝 크루

모처럼 편지 쓰려고
종이 펼쳐 놓고

한참 창밖을 바라보는

이름만 불러 놓고
울던 노인처럼

나만 이런가요

콩이 뇌에 좋다기에
한두 알 먹었죠

몸을 움직이라고
의사가 그래서

단체에 끼어 달리다
넘어져

심하게 다쳤죠

살던 대로

의자에 붙어
과속노화 중입니다

나만 이런가요
나만 만세 하고 자나요

크리스마스에 혼자
생일에 혼자

잡초처럼 촛불 일렁이면 울죠

자기 파괴적이라뇨

재밌는 모임 있다는데

누군가는 거짓말을 하고 있을 텐데

글 쓴답시고 남은 나는

온종일 바질 심었네요

만세 하고 자는 까닭은
알게 되었는데

왜 항복하긴 어려울까요
친목하긴 더 어려울까요

할 수 있지만 안 하는 걸까요

타박상 연고가 일으킨 부작용처럼
어째서 난 이 생에 발라져 부적응할까요

간혹 당신도 이런가요

4부

나보다 더 멀리 가는 사람

약간의 이안류

소용돌이가 있어
혼돈스러워

우산 대신 점퍼 모자를 둘러쓰고 수와 나는 수원역으로
가고 있다
나흘 뒤에 베를린으로 돌아가려는 수는 그곳의 겨울을 미
리 걱정하는데
베를린 외곽의 겨울은 온종일 밤이라고 하는데

이곳에 비워 둔 집을 처분할 것인지
집이 없어지면 짐은 어디 둘지
집을 그대로 두면 매달 관리비를 내야 하니

혼란스러워
과연 이곳으로 돌아올 수 있을지
그곳에서 미쳐 갈지

지하도로 흘러든 빗물이 일으키는 소용돌이를

우리는 허리 숙여 들여다보았다

수가 들어갈 나라의 연인은 가난하고 아프다

문득 나는 수가 빠져나올 수 없는 그 사랑의 오한이 부러
웠다

늦가을 저녁에 내리는 비를
거리에서 나란히 둘이 맞으면

누구라도 상대방 상황을 이해하게 된다

그 먼 외곽의 추운 밤에
혼자 떨고 있는 자신을 감각하게 된다

약간은 그 상황으로 휩쓸리고 싶은 것이다
헤어 나올 수 없는 밤으로 가서

사무칠 사람의 등을

토닥이지 않는다

우리는 정반대 방향의

전철을 탄다

어중간한 인간

퇴근 시간대니 자리 없을 수밖에. 한 사람이 일어나 문 쪽으로 갔어. 압구정이었어. 내 옆에 선 사람과 나 사이 사선으로 한 자리가 생겼어.

얼른 옆 사람 눈치 살폈지. 그도 날 쳐다봤어. 그의 눈동자가 마구 흔들렸어. 미간을 좁히더라고. 내 가시 기운이 그를 찌른 걸까. 그는 체념한 듯 비스듬히 섰어.

몸을 돌려 나는 앉았지. 좌석을 차지해 보니 좁더라고. 옆에 앉은 사람이 다리를 쫙 벌린 채 휴대폰 보고 있더라고.

이번 역부터 눈을 감을 수 있겠다, 정자처럼 잠잠하게.

앉아 가니 좋은가 인간아, 앉아서 가니 편안한가 이 머저리 얼간아.

왜 나는 내가 앉아도 된다고 생각했지? 둘이서 서서 가위바위보를 할 순 없잖아! 이긴 사람이 앉기예요. 이건 이상하잖아! 내가 얼씨구 하며 앉았던 첫 번째 이유는, 옆에 서 있던 저 사람이 나보다 한참 어려 보여서. 두 번째 이유는, 내가 곧 쓰러질 정도로 피곤했기 때문에. 세 번째 이유는,

없군! 더는 없어. 목요일 저녁에 지치지 않은 사람 있을까? 그렇다면 내가 저 사람보다 나이 많으니까 앉아도 된다? 저 사람 나이는 얼마쯤? 왜 내가 웃으며 앉으라고 말하지 못했나! 가방 멘 팔을 뻗어 손잡이 쥐고 다른 팔로는 책을 안고 있다. 중급 한국어, 꾸깃한 검정 외투 아래 기계 주름 회색 스커트, 우리는 평범하고 피로하다. 너는 저 사람 얼굴을 다시 보기가 부끄럽다. 염치없는 인간으로서

"이번 역부터 기후동행카드를 사용할 수 없습니다."

중급 정도로 늙은 나는 양보받아 마땅한 인간이라도 된다는 듯이! 지하철 정지할 때마다 움찔한다. 저 사람은 내리지도 않고, 앉지도 못한 채 나보다 더 멀리 가는가 보다.

키싱 포인트

잘 가
입 맞추긴 싫어

이게 좋아
뜬 양말
소소한 선물이

난간에 기대 수면을 본다

녹은 빙하 같은 구름 그림자

사람들은 고통을 짊어진다고 하지만
나는 배낭이 약간 무겁다고 말하는 편이다

차가운 비 떨어뜨리고
구름은 형태를 바꾼다
흘러간다

벼룩시장이 열리는 광장에 개를 내려놓고

유유히 운전하는 연인들처럼

가슴은 아프겠지

이 겨울도 가겠지

키스 없이
포옹 없이

살고 있다
나는

아무도 없는 부두에서
다정해지는데
떠날 수 있어서
살 수 있는데

주인 없는 개는 멀리 가겠지
둥지 부서진 새도 멀리 가렴

\>

남기지 말아요
가슴에 깊이 새겨질 노래
중독성 있는 음악

사랑 없이 얼마나 살 수 있는지
나는 나의 실험을 계속하고 싶다

기획자의 말

모든 일정을 다 잡아 놨는데 원로 시인이 북토크를 취소했다. 최상의 컨디션이 아니라서 할 수 없다고 제자를 시켜 말을 전해 왔다. 그녀는 시인으로서 이 생에서 할 수 있는 일은 단지 시를 쓰는 것뿐이라고 믿는 분이었다. 겨우 설득했던 일이 무산되어 나는 급격히 좌절했다. 하지만 나는 종잡을 수 없는 감정 기복 덕에 감정이입 잘되는 체질이라 원로 시인을 충분히 이해했다. 수소문 끝에 원로 작가를 대신하여 무대에 오를 작가를 섭외했다. 그녀는 최근 시집을 낸 젊은 시인이었다. 그녀는 내게 말했다. 시와 나는 사랑과 미움이 뒤범벅된 관계예요. 아주 노골적으로 문란한 관계라는 뜻입니다. 나는 감정이 아주 많고 감정이입이 잘되는 체질이라 그 젊은 시인의 말에 공감했다. 나는 이 시인의 말을 들으면 고개를 끄덕이고 저 시인의 말을 들으면 수긍한다. 하지만 내게 이렇게까지 도발적으로 속을 터놓는 시인은 없다. 슬픈 일이다. 문제는 두 사람 모두 내가 고용한 나의 페르소나라는 점이다.

밤 산책

네가 가는 쪽으로
나는 갔다

네가 선택하는 게 좋았다

집에서 나와
숲이 있는 오른쪽 길로
네가 방향을 틀면

어두운 나무 사이로 우리는 걸었다
내게 안기는 것보다
네 발로 가길 좋아했다

그날 집에서 나와
왼쪽 골목길로 갔다
언제나 너는 망설이지 않았다

내가 자주 가는 카페 입구에서

>

너는 멈추었다

나는 주도하지 않았다

밤에 너를 따라 걷는 한 시간쯤의
패턴을 깨고 싶지 않았다

여전히 너와 같이 사는 것 같다

카페 주인은 내가 주문하지 않아도
늘 마시던 걸로 내놓는다
불경기라서 일찌감치 캐롤을 틀어 놓은 거라고 말한다

혼자 가는
미로들

이제 남쪽 숲으로 가지 않는다

이민자의 말

한 소녀가 안고 있는 꽃다발 덕분에
뒤섞인 꽃향기가 대합실에 가득했다.

연착하는 기차를 기다리느라 우리는 두 시간을 허비했다.

이민자의 삶은 어떤 걸까.
오랜 여행자의 생활과 판이할 테지.

어릴 적 떠나온 나라의 언어를 구사할 줄 알며
정착한 나라의 언어도 유창한 사람들은
광범위하게 사는 기분일까.
어느 나라에도 속하지 못한 기분일까.

아는 사람 하나 없는 곳이라면 쾌적할까, 불편할까.

*

어린 시절, 부모를 따라 몇 개국을 떠돌았던 S는
이제 정착했다고 한다.

이 세상에 나무가 없었다면,

나는 시를 쓰지 않았을 거예요.

몇 해 전, 나는 작품 활동

시작했어요. 많은 시를 발표하지만,

나무에 관한 시는 쓰지 않아요.

내가 경험하지 못하는 기분

내가 살아 보지 않은 인생

나를 해외 입양이라도 보내지 그러셨어요. 병든 아버지에
게 내가 이 말을 했던가.

내게 무엇이 없었다면 시를 쓰지 않았을까.

떠나지 않은 여기가

아는 사람 하나 없는 곳 같아서

나의 동료들은 영원히 아무것도 아닌 것에 관해 시를
쓴다.

코카투 아일랜드

(작은 부두에 내린다. 거대한 교형크레인이 녹슨 채 서 있다.)

노동자들

죄수들

원주민들

유령들

이 섬에 살았어요

이젠 이 섬에 아무도 안 살아요?

코카투는 살죠?

흰 깃털

앵무새……

장난꾸러기

당신 말을 잘 따라 한다던

아뇨, 전혀

한 마리도 없어요.

개들은 유칼립투스 씨앗을 먹고 살았는데

그 나무 한 그루도 없잖아요.

나무가 다 죽자

코카투는 떠났죠.

(우리는 샌드스톤을 깎아 만든 동굴로 들어간다.)

                          언제 이리 이주해 왔어요?

                        뉴질랜드에서 얼마나 살았어요?

언제 이리 이주해 왔어요?

뉴질랜드에서 얼마나 살았어요?

                            어디로 갈 거예요?

                       떠돌이 생활, 힘들지 않아요?

>

어디로 갈 거예요?

떠돌이 생활, 힘들지 않아요?

                                  동굴 벽을 짚으며
                                  앞으로 나아가요

동굴 벽을 짚으며

앞으로 나아가요

                                  내 말을 따라 하는군요.
                                  장난꾸러기
                                  뺨이 빨개요.

(시간이 만든 절벽, 텅 빈 낡은 조선소 그리고 더러워진 감옥.
더 더러워지고 더 허물어지면 더 더 아름다울 벽들)

당신은 관능적인 시를 쓰지 않았나요?

영어로 번역된 당신의 작품을 읽은 적 있어요.

관능은 모르겠고
저능은 하죠.

게다가 내 뿌리가 얕아요.
유칼립투스 나무처럼

당신이 사라지면

함께 없어질 것들이
많겠군요.

유령들

유령들

나는 사랑했을까

베개가 왜 네 개나 될까

호텔 싱글베드에

베개 가득한 이유를 모르겠어

분명 투숙객은 나 혼자인데

왜들 이러는 거야
이봐, 세 사람
너희들 누구야?

어쩌자고 내 방에서 싸움을 벌이는 거야
베개 던지며 거위 털 날려 가며

제각각 다른 외모와 성별 다른 세계관 다른 별자리
똑같은 감자는 없는 법

독이 든 부위만 잘라 내면

무해하다고 했지

여긴 상자 속 같아

주차장 뷰 호텔 방에
베개는 왜 이리 많고
잠은 또 왜 이리 대성당처럼 멀리 있을까

너무 무거워서 열리지 않는 잠의 녹슨 철문

성당으로 들어가는 걸 포기하고
집으로 돌아가는 걸 취소하고

창문을 연다
창문이 있지만 열리지 않는다

호텔의 방침인가

창 없는 고시원에서 살았던 시절

네가 벽에 그려 줬던 창문
창가엔 베고니아까지

가짜 창문 아래 감자들
네가 두고 간 상자

건드리지 않았다
나는

썩는 줄 알았는데
마구 싹이 났었어

나는 상자 안에서
내 작은 세계의 싹을 틔우는 건데
잘라 내라고 한다
독성이 퍼지기 전에

얄팍하고 먼지투성이인

슬퍼하지 마세요

시간의 선반들 낡아 갑니다
벽은 금 가고
수레는 부서집니다

짙은 롱블랙을 마셔도 소용없어요
우리는 깊은 잠에 빠질 거예요

슬퍼 말아요

샤워 커튼이 젖는 것
올리브유 비누가 녹는 것

당신의 얼굴이
피 웅덩이에 비치는 것

햇살과 창문을 가리는

나무를 벴을 따름인데
새가 떠났어요

춤을 추려고 일을 쉬었는데
온몸에 마비가 온 것

검고 비탈진 숲에서
간헐적으로 새가 소리를 내요
어떤 이는
새가 운다고 말해요
또 어떤 이는
작은 새가 노래한다고 하죠

어떻게 표현하나요
당신이라면

깨어날 일은 없을 거예요
악몽은 우리가 싸우는 방식이죠

슬퍼하지 말아요

숲에 거의 다 왔어요

막간극과 분리 불안

네가 사랑을 말할 때 나는 불안했다 네가 연인을 소개할 때 나는 울음이 터질 듯 초조했다

떨지 마
우리가 헤어지는 게 아냐

우체국 앞에서 노인이 신문을 펼쳐 놓고 있다 비 내리는 일요일이다 우체국 앞 차양 아래 다 낡은 테이블과 소파가 있다 일그러진 바니타스 같다 노인이 신문을 보다 말고 나를 쳐다본다 이봐요 여기 단어 퍼즐 좀 맞춰 볼래요

소년 시절 귓병으로 청력을 상실한 시인, 부모의 이혼으로 침통한 소년 시절을 보내다가 알코올 중독으로 객사한 시인의 생가 맞은편 우체국 앞에서

노인은 술에 취한 채 쓰러진 술병 옆에 신문을 펼쳐 두고 있다 크로스워드가 막혔다

철광 캐러 온 산간 마을 함께 온 친구들이 다 떠난 뒤에도 혼자 늙어 가는 노인 광산엔 이제 철이 없는 거 알아요 노인은 내일도 신문 귀퉁이를 보고 있다

머잖은 나의 미래가 극으로 상연되고 있다

편지 써도 부칠 데 없겠지
시를 써도 발표할 데가 없겠지

여기 와인은 다 가벼워요 따뜻한 지방에서 성장한 포도는 맛이 깊지 않아

나는 노인이 따라 주는 와인을 받아 마신다 테이블 아래와 찢어진 소파 속까지 세찬 빗줄기 들이친다

포플러 나무 아래

브로커에게 돈 주고
매 끼니 식당 밥 사 먹으면

뭐가 남겠어요

포플러 나무 아래 사람들이 모여 있다
계절 노동자일까

목화밭은 가깝지만
오렌지 농장은 7시간 더 가야 해요

모호한 이야기가 들려온다
시 같다

포플러 나무는 이름 그대로 대중적이죠
생장이 빠른 반면
수명은 짧은 편이에요

식물학자는 아니지만
나무를 잘 아는 이를 따라
나무 사이로 옮겨 가고 있었다

나무 속에서 벌레들이 기어 나왔다
청록색 광택이 나는
예쁜

초여름 포플러 나무는
모를 거야

자신이 얼마나 싱그럽고 눈부신지
몰라도 된다고

말하는 사람은 일행 중 누구인가

모든 사람의 마음속에는
꿈틀거리는 작은 시인이 사는 것 같다

키스 앤드 라이드
— 나를 이곳에 내려 주고 간 사람에게

김이듬
산문

키스 앤드 라이드
― 나를 이곳에 내려 주고 간 사람에게

눈보라 몰아치던 날이었죠. 광장을 지나가던 당신이 멈춰서서 시계탑의 시간에 손목시계를 맞추는 걸 보았어요. 늦지 않게 기차에 올랐나요? 오래전이었죠. 당신은 어느만큼 갔을까요?

겨울 해변 _ 노물리

낭떠러지에 얇게 얼음 얼었지만 바다는 얼지 않았어요. 파도처럼은 아니지만 나도 움직입니다. 파도처럼 영원하지는 않겠지만 반복적으로 오르내리고 있어요. 바닷가 가파른 언덕배기에서 방파제로 내려와 해안 산책로 따라 걷곤 해요. 여긴 작은 어촌이에요. 난파자가 파도를 보듯이 바다를 보곤 하죠. 아침 일찍 고기 잡으러 나갔다가 마을로 돌아오는 낡은 어선 두 척 있네요. 이젠 나도 알아요. 빈 배인지 만선인지 멀리서 봐도 알게 되었어요. 배 둘레 맴돌며 갈매기들 날고 있다면, 그 어선엔 고기가 있다는 신호예요. 당신이 나하고 살았을 때는 이웃들이 놀러 오곤 했죠. 사람이 사는 집 같았죠. 이 마을 사람들은 직접 잡아 온 고기를 바람에 말리거나 팔아요.

나는 노물리 옆 해안에 살아요. 산다기보다 잠시 잠시 머무르죠. 바닷가 절벽 위 허물어져 가는 집 문간방에 내 침대가 있어요. 보일러 수리해서 온수도 나와요. 나는 그 백 년 남짓한 헛간의 관리자예요. 사람들은 나더러 방랑자라고 해요. 해파리처럼 떠돌아다니는 뜨내기라며 조롱하기도 하죠. 도무지 돌아다니기 싫어하는 또 다른 나를 달래며 데리고 다녀야 하니까 복잡한 심정이 될 때가 많아요. 길들여지지 않는 새랄까, 내 안의 검은 산비탈에 살며 나하고 말이 잘 통하지 않는 주춤거리는 녀석이죠. 내향성이지만 외압에는 잘 우그러지지 않는 자아가 누구에게나 있잖아요. 이런 나조차 없었다면 나는 참을 수 없을 만큼 춥고 외로웠을 거예요. 당신은 어떤가요? 눈발이 희고 아름다워서 그렇게 떠났을까요?

가을 산속 _ 블루마운틴

'키스 앤드 라이드'(KISS AND RIDE) 라고 쓰인 도로 표지판 앞에 서 있었습니다. 시드니 중앙역에서 기차를 타고 웬트워스 폴스(Wentworth Falls) 역에 내려 개찰구 바깥으로 나왔어요. 현지 시인들이 나를 픽업하기로 했거든요. 우리는 블루마운틴 산간 마을에서 며칠 동안 지낼 거예요.

아무도 오지 않는 역에서 얼음성자를 기다렸던 시인을 알아요. 나는 시인과 풍차가 있는 언덕 아래 보리밭길 걸어 토마토 모종 사러 갔죠. 우리는 정원의 흙을 파며 웃었죠. 모종을 심고 물을 주었어요. 그 식물엔 작고 붉은 열매가 맺혔을까요? 우리가 같이 살았던 사흘 밤 나흘 낮의 빛이 둥글게 내내 빛납니다. 내가 베를린으로 돌아가던 날, 도시락 싸주며 글썽거렸던 나의 시인은 몇 해 전 아무도 기다리지 않는 곳으로 떠났습니다. '혼자 가는 먼 집' 그리고 당신이라는 말. 영영 볼 수 없는 당신들을 아직도 사랑합니다. 그래서 살아 있는 이들을 사랑하지 않는 건 아니에요. 음식이 뒤섞였던 3단 도시락처럼 내 추억의 열차 안에서는 고인과 생존자다 같이 푸른 보리밭길을 뛰어다녀요. 후두둑 소나기에 낯선 도시 처마 밑에서 마주 보고 웃죠. 세상 모든 창문이 열려있어요.

당신은 마치 심부름하듯 나를 이 세상에 내려 주고 입맞춤은커녕 인사도 없이 가버렸지만, 말 못 할 사정이 있었겠죠. 다시 내게로 오려고 눈을 비볐으나 밤의 산길은 미로였

겠죠. 젊었던 당신은 자살을 여러 번 생각했지만, 그날 실행하려던 건 아니었어요. 그 미로처럼 뒤엉킨 혈관에서 피가 흘러, 나는 당신의 배 주머니에서 튀어나온 새끼 캥거루처럼 헤드라이트 켜고 달려오는 차를 향해 뛰어갔을까요? 시간이 급정지합니다.

잠든 코알라 옆에서 누군가 내게 물었어요. "네가 기억하는 네 생애 첫 장면은 어떤 거야?" 어떤 사람은 태어나기 직전이 기억난댔어요. 힘겹게 산도를 통과했는데 갑자기 황홀하고 눈부셔 분만실에서 울어댔던 기억이 난다고. 또 어떤 사람은 달빛이 드는 침대 머리맡에서 그림책을 읽어 주던 엄마의 얼굴이 떠오른다고도 했어요. 내가 말할 차례가 되었을 때 유칼립투스 나무를 끌어안고 자던 코알라가 눈을 뜨고 다른 나무로 옮겨 가려는지 팔다리를 움직였습니다. 오크베일동물원을 나오며 나는 날개 돋친 듯 환상적으로 사라진 유년의 길목을 기웃거렸습니다. 나는 가내공장 뒷마당에서 그네 타고 있었어요. 먼지와 기계 소리가 가득해요. 공장 오빠들이 내 다리를 낚아챕니다. 마치 산길에서 로드킬당한 야생동물 뒷다리 잡고 숲으로 던지듯 내 발목을 쥐고 우물 속으로 집어넣어요. 내 머리가 우물물에 닿지는 않았어요. 나는 너무 조그맣고 어렸거든요. 하긴 공장에서 일하던 오빠들도 어른은 아니에요. 10대 후반? 많아 봤자 20대

초반쯤 되었을 거예요. 그들이 와자지껄하게 웃으며 나를 거꾸로 들고 우물 안으로 넣었다가 빼기를 반복해요. 아마 점심 식사 후의 심심풀이 놀이였나 봅니다. 나는 망가진 장난감 인형처럼 울음소리가 나지 않아요. 우물 속에서 물구나무로 피가 쏠리고 뼈 마디마디가 늘어난 탓에 유난스레 내 몸이 기다랗고 홀쭉한가 봐요. 책가방 거꾸로 털면 압정, 지우개 가루, 클립 같은 게 떨어지듯 어쩌면 무화과나무 옆 우물 속에서 흔들리다가 몸을 구성하는 부속품 몇 개가 분리되었을지 몰라요. 그래서인지 "넌 뭐야, 이렇게 상식적인 것도 몰라?" 종종 모자란다느니 허술하다느니 하는 핀잔 듣거든요.

새엄마는 매일 나를 때렸어요. 매질이 매일은 아니겠지만 매일처럼 느껴졌죠. 말하지 않는다고 맞고 대꾸한다고 맞고 반찬 투정한다고 맞고 밥 안 먹는다고 맞고 이불에 생리혈 묻혔다고 맞고 맞으면서도 저항하지 않는다고 맞고…… 맞았던 순간을 쓴다면 책 한 권이 넘겠네요. 보따리 싸 가지고 우리 집으로 향한 새엄마를 아버지는 안방에 데려다 놓고 자꾸만 밖으로 도셨죠. 맞아요! 새엄마는 화가 났죠. 걸핏하면 부엌에서 식칼 들고 와 내 심장 가까이 닿을락 말락 손을 떨며 화풀이하셨죠. 하지만 진짜로 찌르신 적은 없어요. 죽이고 싶은 건 자신이었을까요? 남몰래 나를 죽일 수 있었을 텐데, 자기가 낳은 자식들 죽이는 부모도 많은데, 나를 죽이지 않았으니…… 나는 살아남아서 받았던 걸 돌려주고 싶었어요. "제 모험은 오늘부터 시작됐어요. 어제 이야기는 아무 의미가 없어요. 전 어제의 제가 아니거든요." 나는 책들과 함께 사춘기를 통과했고 '이상한 나라의 앨리스'에서 찾은 이 구절을 일기장에 적었습니다. 시인이 되면 문장으로 복수를 할 수 있겠다. 감시하고 고발할 것들을 기록해서 발표하겠다. 그런 다짐을 서른 해 전쯤 했던 것 같아요. 기억의 수문을 열면 문장들이 범람할 줄 알았는데, 기억력이 모자라고 미움과 원한이 모자라고 슬픔이 모자랍니다. 지독한 감정이 시적 언어를 통과하면 무해하게 옅어지고 밝아지나요? 나를 학대했던 그때의 새엄마는 지금 나보다 어렸어요. 밤에 마음의 우물 속으로 뛰어들지만, 우물엔 우울처럼 바닥이 없어요. 무엇보다 생생한 감촉, 네댓 살 무렵의 내 뺨을 쓰다듬는 차갑고 거친 손바닥. 할머니가 나를 안고 자꾸 "쯧쯧, 불쌍한 내 강아지, 지지리 못난 것, 쑥쑥 잘 자라야지"라고 노랫말처럼 기도문처럼 중얼거려요. 내 눈까풀 위로 뚝뚝 떨어지던 미지근한 눈물처럼 잠이 쏟아져요.

여름_압구정역

해남에서 탄 고속버스가 센트럴시티터미널에 도착했어

요. 터미널에서 포옹하는 이들이 있죠. 마중 나온 사람은 발랄하고 배웅하는 사람은 침울할까요? 인생의 종착역이 죽음은 아니겠죠? 나는 혼자 오가는 게 좋아요. 혼자 깨어나고 가만히 혼자 잠드는 데 익숙하죠. 두 달 가까이 땅끝마을 레지던시 입주 작가로 지냈어요. 거의 매일 송호해변까지 걸어가서 반 시간쯤 식은 모래 위를 걷다가 레지던시 공간으로 돌아가곤 했죠. 기상 관측 이래 올여름이 가장 무더웠다고 하죠. 나는 올여름에 건강이 나빴어요. 하지만 최악은 아니었으니 걱정하지 마세요. 책장에서 쏟아진 책에 발등이 찍혀 피멍이 들기도 했고, 상한 음식을 먹은 건지 일주일쯤 배앓이했고, 원인 모를 편두통으로 밤잠을 설치다가…… 근처에 약국도 병원도 없는 마을이라서 저절로 낫기를 기다렸어요. "모자라는 사람입니까? 자연치유를 기다리다니, 택시 불러 읍내 병원으로 가세요." 간섭해 주는 사람이 고맙더라고요. 나는 송호보건진료소에 가서 약을 사 먹었어요. 될 대로 되겠지, 하는 계획성 없는 인간으로서 지혜, 용기, 다짐, 희망 등 적으려면 끝이 없을 긍정적 어휘들을 쓰다가 슬쩍 물러서는 습관을 고치지 않았어요. 당신이 알듯 난 뭐든 억지로 하는 게 싫고 명령은 더 싫고…… 하려면 할 수 있는 일이지만 안 하기로 결정한 일이 적지 않아요. 당신처럼 살다 가지 않겠어요. 내가 시를 쓰는 건 시시하고 자연스러운 저항이죠. 제멋대로 자라게 내버려 두겠어요. 머리카락

이 산발로 허리에 닿는 건데, 신경 써서 기른 줄 아는 사람들에게 그냥 웃어요. 땅끝마을이 땅끝은 아니지만 아주 멀었고, 서울로 돌아오던 날 아침에도 구토하고 어지럼증이 심했어요.

지하철엔 앉을 자리 없었을 뿐만 아니라 무척 붐볐습니다. 땅끝마을에서 일찍 나섰지만 직장인들 퇴근 무렵에 전철을 타게 되었어요. 커다란 배낭을 멘 채 나는 빈자리가 나길, 내 앞에 앉아 휴대폰 보는 사람이 내리길 기다렸어요. 세 정거장 지나자 놀랍게도 그가 일어났습니다. 순간적으로 나는 내 옆을 살폈죠. 나보다 먼저 내 옆에 줄곧 서 있었던 사람을 쳐다봤어요. 거의 동시에 그 사람도 나를 쳐다봤고요. 일순간 정적, 우리 둘 사이에 미묘한 전류가 흐르는 듯했습니다. 그 사람이 내 눈을 피해 고개를 돌리는 사이, 나는 엉덩이를 돌려 자리에 앉았어요. 알루미늄 의자에는 방금 내린 사람의 체온과 땀이 남아 찝찝했어요. 나를 내려다보고 있을 사람의 시선이 느껴져 무척 불편했습니다. 나는 그 사람의 무릎을 덮는 치마 아래 깨끗한 운동화를 쳐다보았어요. 나만 피곤한 게 아니었을 텐데, 나만 어지러운 게 아니었을 텐데, 냉큼 앉아 버린 나는 무엇인가. 나는 나보다 젊은 사람에게 무언으로 무턱대고 자리 양보를 강요한 건 아니었을까? 이토록 사소한 저녁에 경쟁심과 적의가 담긴 눈빛으로 상대방을 쏘아본 건 아니었을까? 저 사람의 피로감과 낮에 겪었을 무수한 사건들과 이 저녁에 도착할 장소의 상태에 관해 아무것도 상상해 보지 못하는 나의 염치없는 행동은 어디서 나왔을까?

좋은 시인은 고사하고 괜찮은 어른으로 늙어 가는 건 고사하고 배려하는 시민은 고사하고 무례하지 않은 이웃은 고사하고…… 중학생 시절, 배낭을 메고 바라봤던 안개 속 고사목보다 나은 게 없는 인간이 나다. 장터목 산장에서 자고 새벽같이 나를 깨운 아버지를 따라 걸었던 지리산 중턱, 한 번도 뒤돌아보지 않고 걸어가던 아버지도 이미 너무 멀리 가셨습니다.

봄_오이도

올해 사월이었어요. 경복궁 입구에서 에밀리를 기다렸어요. 에밀리는 그 전날 서울에 온 미국 국적의 시인인데, 근처 한복 대여점에서 한복으로 갈아입고 오느라 조금 늦는다고 내게 카톡을 보내왔어요. 경복궁 안쪽은 수문장 교대식을 관람하는 외국인들로 붐볐어요. "다음에 오게 되면 한복을 선물해 줄게." 9년 전에, 그러니까 2015년 봄에 파리에서 만났던 갸엘과 손가락 걸고 말한 건데요. 여태 나는 약속을 지키지 못했네요. 갸엘 리좀은 어렸을 때 한국에서 프랑스로 입양되어 간 여자예요. 내가 그 친구에 관해 『모든 국

적의 친구』라는 책에 썼지만 당신은 그 책을 읽을 수 없었겠죠. 당신과 나의 관계는 찢어진 페이지, 당신이 어디쯤 있을지, 존재하긴 했는지 헷갈려요. 나를 만나기 전 당신은 예뻤나요? 당신이 나를 잠시나마 사랑했을 거라는 무모한 믿음을 갖는 내가 좋아요.

스웨덴 말뫼에서 낭독회를 했을 때, 객석에는 우리를 닮은 한 사람이 있었어요. 자신의 이름은 지오바니라고, 낭독회가 끝난 이후에 그녀가 내게 다가와 영어로 말했어요. 한국말을 모르는 한국 태생의 스웨덴 입양 여성이었고 나하고 동갑이었습니다. 서로 이메일을 알아서 요즘도 가끔 연락을 주고받아요. 이렇게 전혀 다른 곳의 친구들과 연결되는 불가해한 힘이 경이로워요.

에밀리와 고궁 구경하고 추어탕 먹고 시흥에 갔어요. 우리 둘 다 시흥 땅에 발을 디딘 건 달에 착륙하는 것만큼 처음 있는 생소한 일이었죠. 우리는 한밤중까지 그리고 이튿날에도 에밀리 엄마가 살았던 집을 찾아다녔어요. 반세기도 더 지난 그 장소를 정확히 짚어 내긴 어려웠어요. 우리는 지친 내색하지 않고 서울로 돌아오려다가 마지막으로 오이도에 갔어요. 시흥을 떠나기 전에 소주에 회 한 접시 사주겠다고 내가 제안했죠. 봄날이라는 계절감 무색하게 찬바람 불고 싸락눈도 내렸어요. 빨간 등대가 보이는 창가에 노을이 가득했어요. 횟집 반찬은 한 접시가 칸칸이 나뉘어 있었고, 미니 당근 옆의 오이 토막을 쥐고 에밀리가 말했죠.

"오이도의 오이가 이 오이야?"

당신이 손을 놀려 떠준 털모자를 나는 눈사람에게 씌워
주었죠. 그러고는 잃어버렸던 거 알아요. 당신이 직접 떠준
빨간 장갑을 내가 잃어버린 날을 기억하나요? 그래서 당신
은 장갑과 장갑 사이에 줄을 만들었지만 나는 통째로 잃어
버렸어요. 고의가 아니었어요. 나는 모자라지만 씁니다. 몸
을 기울여 씁니다. 당신이 손으로 떠준 스웨터를 입기 싫어
해서 당신이 속상해했던 거 나는 고스란히 기억나요. 그냥
묵묵하게 입을걸……. 그땐 내가 너무 어렸고 그 알록달록
한 스웨터 색깔은 맘에 들었지만, 입고 벗을 때마다 머리통
이 꽉 끼었고 정전기가 심했으며 까칠까칠한 느낌이 너무
싫었어요.

쪼개 놓아도 오이는 오이고 마늘은 다져 놓아도 마늘이에
요. 끈이 떨어져도 장갑은 장갑이고 털실이 다 풀려도 스웨
터는 스웨터이고 마구 찢어져도 마음은 마음이라고 생각합
니다. 사랑의 파편은 필연적으로 증식해요. 당신의 손뜨개
실력은 별로였던 것 같아요. 나의 시 창작 실력이 그런 것처
럼. 기껏 진심 어린 선물이라고 주는데, 받는 사람을 아프게
하죠.

깊숙이 배치해도 작게 압축해도 남아 있어요. 잃어버린
것들이 더 오래 남네요. 누구든 다른 사람의 고통이나 슬픔
의 질량을 진단할 수는 없는 것 같아요. 나보다 조그맣다, 사
소하다든가 잊어라, 용서하라, 위로할 수는 있겠지만…….

당신이 잠시나마 내 노래를 들어 줘서 고마워요. 누군가 당신에게 어린아이를 이 세상에 던져 놓고 떠난 거라고 해도, 무책임하다고 해도 그런 말에 상처받지 마세요. 당신의 세상은 물결쳐 오는 파도 너머 봄날 같기를. 때때로 그 나라에도 폭풍우 치겠죠. 새들이 당신 머리 위로 날아간다면 내가 보내는 사랑인 줄 아세요.

타이피스트 시인선 007

누구나 밤엔 명작을 쓰잖아요

1판 1쇄	2024년 12월 20일
1판 3쇄	2025년 1월 6일
지은이	김이듬
펴낸곳	타이피스트
펴낸이	박은정
편집	박은정
디자인	코끼리
출판등록	제2022-000083호
전자우편	typistpress22@gmail.com
ISBN	979-11-989173-3-1

° 이 책은 경기도, 경기문화재단의 지원을 받아 발간되었습니다.